ある一人の男の受験物語とその後

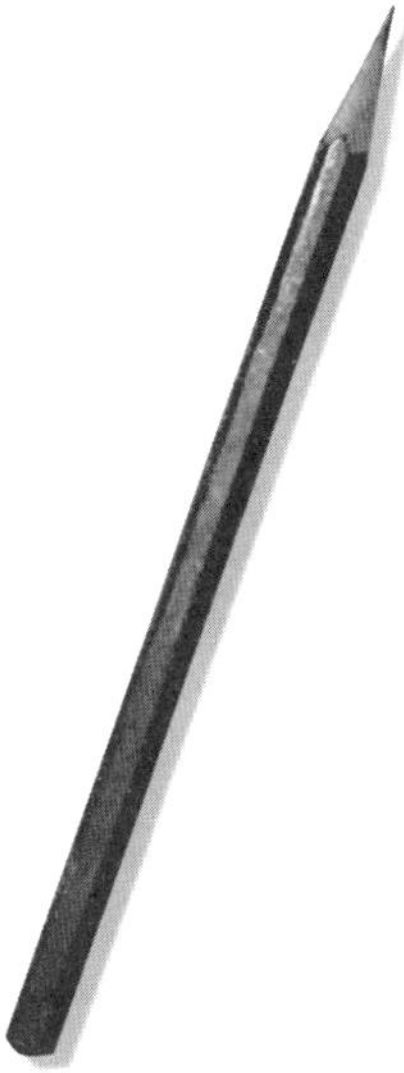

水沢雪夫

文芸社

まえがき

人生百年と言われ出したが、実質は八十余年、自分がその老境になり、一局の終わりの如く感想戦をしたくなった。

重大な局面はまず折々の受験である。

小学校を受験する人もいるが、これは裕福な家庭での話であろう。近頃、都会では中学受験がかなり一般化した。そして高校、大学と進む。就職試験も、その人の人生において重要な経験といえるだろう。当事者にとっては合格だけが目標だが、試験を勉学の一つの目的として、学ぶことの大切さを考えてみたい。

過ぎてみれば、試験も「なあんだ！」ということになる。その人の人生がどう変わっていくかは、実はその後の努力次第である。孫の行く末を思って、本書を書いてみることにした。

目次

ある一人の男の受験物語とその後

プロローグ

「光陰矢の如し」、全く時間がたつのは速いな、今年八十歳になる雪夫の実感である。娘の知美一家が船橋市内のマンションに居を構えて、早や十年が経過した。孫娘の美咲も小学六年生になった。

ひょんなことから雪夫が中学受験した歳だ。

「美咲は勉強ができる」

母親である知美が言った。

雪夫は子供を自分の出身大学に入学させたかった。だが、息子、娘ともにその願いは叶わなかった。二人はともに二流の私立大出だ。孫がその願いを叶えてくれるかもしれない。

雪夫は美咲に勉強の状況を訊きたくなり、電話した。

美咲はずっと同じ県内に住んでいるので、幼い頃からよく会っていた。そも、美咲は雪夫の住んでいる隣町の病院で生まれた。雪夫は誕生の瞬間を産室前の廊下から見つめていた。産声がやけに大きかったのを覚えている。

最近はコロナ禍もあって、しばらく会っていない。

「もしもし、美咲ちゃん。ジイジだよ。学校の勉強はどうかな？」

「学校で習っていることはわかる」

美咲は小声で答えた。

「何の科目が好きかな？」

「わかんない。外で習っているプログラミングが一番好き」

プログラミング好きとは今風だ!!

学習内容も今と昔とでは随分と変わったものだ。プログラミングが好きなら、ある程度は論理的思考ができているのだろう。

「もう電話切ってもいい？」

小声で美咲が言う。美咲は会話が得意ではない。

「では、またね」

会話が続かず、雪夫は受話器を置いた。

学校で習うことを理解できるのは当たり前で、本当の実力はその上の段階からだ。近頃は小学校上級生から学習塾に通う子が増え、塾は地方都市でもかなり普及している。中学受験も一般化したと言っていいだろう。

美咲の本当の実力は全くの未知数だが、雪夫にしても当時は稀な中学受験を経験したので、勉強に関心が向いたのだ。

最近の子供達の受験は、親も含めて大変である。

それで雪夫は我が受験の歴史を振り返りたくなった。私小説風に虚実とり混ぜて受験物語を、ついでに人生の歴史を少し述べてみよう。

中学・高校受験

雪夫は生まれは東京の本郷だが、三歳の時に長野県の上田市に近い寒村に疎開した。疎開先は父方の伯母の家である。

従って物心ついた時に住んでいたのは伯母の家であった。その寒村、古町（呼び名で新町に対して）には小学校二年生の秋までいた。

それから東京の滝野川という所に転居した。飛鳥山公園が有名である。池袋に近い。巣鴨にはもっと近い。下町に属する地区で、場所によっては立派な住宅街もあった。

下町ゆえに「勉強しろ」などと、親も周囲も言わなかった。小学生の頃は遊びに夢中だった。幼稚園は、戦後の混乱期で行けなかった。当然、学習塾も一般的でなく行かなかった。そろばん塾には一年強通い、二級を取得してやめた。

勉強には関心がなかった雪夫だが、唯一例外がクラスの漢字テストである。

小学校の担任教師は、漢字テストで上位五人だけを特別席にした。得点順に最後列の最右側席を一位とし、あとは左に続く。他は前の席から五十音順である。

クラスに一人、裕福な家の息子がいた。田川君と言って、父親は付近にある巨大ガスタンクの、Tガス会社の所長だった。田川君は少し離れた住宅街から通学していた。家には電話があった。

まだ一般家庭には電話は普及しておらず、もちろん雪夫の家にもなかった。

雪夫と田川君はその漢字テストでライバルだった。

ライバル意識は田川君のほうが強かった。もし雪夫が勝った時は、答案を見せてと言ってきて、答案の粗探しをした。

田川君が最上位席を占めることが多く、雪夫は二番手に甘んじていた。

だが、五年生の秋にクラスにマドンナが出現して状況は一変した。

転校生の先崎さんだ!!

「水沢君、今度転校してきた先崎さん、勉強できるらしいよ」

田川君が隣席から話し掛けてきた。

転校生の先崎さんは可愛く、田川君の近所に引越してきた。

「そうなんだ。では次の漢字テストで、我々の傍の席に来るかな?」

雪夫は先崎さんが自分の隣席に、特に左側の席に来ればよいと秘かに思った。

これなら先崎さんと話せるのは雪夫だけで、田川君は話せない。

田川君は作り笑いしながら
「先崎さん、僕の左隣席に来ないかな」

はっきりと、遠慮なく言った。

学期初めの漢字テストの日がやって来た。五年生で最後のテストだ。

テストの結果は……、何と先崎さんが一位だ。続いて田川君・雪夫・小島さんの順だった。

小島さんも可愛いほうだが、雪夫には先崎さんのほうがまぶしく見えた。それに算数は、先崎さんとかなり学力差があった。

小島さんが雪夫に好意を持っているのはわかっていた。以前から小島さんはニコニコと笑いながら、雪夫に話し掛けていた。

小島さんの家は雪夫と同じ下町地域にあった。

「先崎さんは勉強できるのね。一番なんて凄いわね」

小島さんがいつもの笑顔で雪夫に話し掛けてきた。

「女であまり勉強できる人は、チョットね……」

雪夫は本音とも、小島さんへの追従とも、取れる発言をした。

田川君は二番手でも、先崎さんの隣で嬉しそうだった。

六年生になってからも、あの漢字テストは続いた。

その結果は……、先崎さん・雪夫・田川君・小島さんの順だった。

今までと上位男女の組み合わせが入れ替わった。雪夫は先崎さんの隣だ‼

「水沢君は家庭教師に来ていただいてる?」

先崎さんが、静かに澄んだ声で訊いてきた。

「うち、貧乏だから無理だよ」

雪夫は素直に答えた。

「私の所は週一回だけど、田川君の所は週二回来てるのよ」

先崎さんは不満とも、羨しいとも、取れる声で言った。

「そうなんだ」

雪夫は無難に短く答えた。

「私、六年生になったので、漢字テストは譲るわ。中学受験に備えるので」

「それこのあいだ田川君からも、同じような台詞を言われたよ」

「あっ、そうなの。ところで水沢君は中学はどうするの？」

先崎さんが声をひそめて尋ねた。

「別にどうもしないけど」

雪夫は思いがけない質問に戸惑った。

先崎さんは周囲を見回してから、

「田川君はA中受けるのよ」

小声でささやいた。A中は男子の名門中学だ。

「凄いな田川君は。ところで先崎さんはどこを受けるの？」

雪夫はこちらのほうが関心があった。

先崎さんはチョット迷ってから
「水沢君だから教えるけど、O中受けるの」

やはり声をひそめて告げた。O中は女子の名門中学だ。

雪夫の心に負けず嫌いな気持ちが生まれて、

「僕もどこか受けるかもしれない。実は今、考慮中だよ」

と勢いで言っていた。

帰宅して母親に経過を話した。

「それで僕もどこか受験したいよ」

母は末っ子の雪夫に甘かった。親バカと言えるほどだった。

「よしわかったよ。兄ちゃんに相談してみる」

長兄は中央大学の学生であった。秀才タイプではなく、努力家タイプだ。

翌日、母から呼ばれた。

「雪夫、教育大付属中受けたら。お金があまり掛からないらしいから。ただし、相当難しいと、兄ちゃんが言ってた」

これまでの雪夫だったら、「いやだよ。そこ国立で難しいよ」と拒否していた。

だが先崎さんとの会話のネタが是非とも欲しい。絶好のネタだ!!

「うん、そこ受けてみる」と、力強く答えた。

次の日、早速先崎さんに伝えた。

「この間の話だけど、僕、教育大付属中受けることにしたんだ!! 他の人には絶対に内緒だよ」と小声で釘を刺した。

「まぁー、凄い学校を受験するのね。頑張ってね」

先崎さんの声には、驚きと不安が入り混じっていた。この人、あまり受験事情がわかっていないんじゃないかしらと思ったのだろう。

雪夫は受験が決まってからも、大して準備をしなかった。本人にまったく緊迫感がなかった。

二学期が始まってすぐに、

「水沢君、教育大付属中を受けるんだって？」

田川君が言った。

「田川君はＡ中を受けるんでしょ」

雪夫は言い返した。

「あー、先崎さんがバラしたな。女は口が軽いな」

田川君は苦笑いした。相手が好きな先崎さんでは、怒るわけにもいかない。先崎さんを介して、互いに受験校を知った三人は受験仲間になった。しかし、雪夫は相変わらず、あまり中学受験の対策をしていなかった。

先崎さんと田川君は、漢字テストはどうでもよくなった。雪夫が卒業まで最上位席を独占した。

受験仲間のうち、雪夫以外の二人はお互いの受験校のことを中心によく話し合っていた。雪夫は次第に仲間外れになっていった。


雪夫が中学入試で今でも覚えているのは、特異的な国語の入試問題である。問題文が全てローマ字で書かれていたのだ。雪夫はその目新しさに、異常さに圧倒された。読んでいるうち、不慣れなローマ字文に疲れ、途中で文の内容が頭に入らなくなった。

雪夫は腹が立ってきた。元々この受験に対し、真剣さが欠如していた。根気が続かなかった。その国語の問題はやる気と根性を、見ていたのかもしれない。

付け焼き刃の受験テクニックも身に付いていなかった。問の部分を先に読み、どのような解答が求められているかをまず知るのだ。

その受験テクニックを思い出したのは、ローマ字の問題文で疲労し、やる気が失せた頃だった。

算数の問題の出来も特別良くはなかった。これは落ちたと確信した。

中学入試の不合格者は雪夫だけであった。先崎さんはO中に、田川君はA中に合格した。

卒業の頃には、先崎さんと田川君はすっかり親密になっていた。雪夫は必然的に小島さんとより親しくなった。その後の先崎さんと田川君の消息は知らない。

真面目で利発そうに写った中学受験用の写真が、老境の今では雪夫の定期入れに納まっている。

小島さんは同じ近所の公立中学校に進んだ。中学でも小島さんとは友達以上の関係には発展しなかった。

高校受験の時、同じ学区内の進学校を小島さんが受験するのを知った際は驚いた。それまでの校内模試で、上位に名前が挙がることがなかったからだ。

雪夫は自惚れて、彼女は自分と同じ高校に入学したいからだと思った。雪夫も小島さんの合格を願った。だが、無常にも願いは叶わなかった。彼女は私立の女子校に進学したが、その後、音信は途断えた。

高校受験の時は中学受験の際とは異なり、自分も周囲も合格は確実視していた。受験対策も万全を期した。都立高校の過去問を五年分ほどやった。九割程度はできた。もちろん合格した。

大学受験と大学院進学

当時の北園高校は現在より進学実績を誇っていた。都の方針で入試方法が学校群制度となり、実績が下がった。

四十年ほど前に群制度が廃止され、少し取り戻しているようだが。上位五十番ほどなら、有名国公立大に進学できるチャンスはあった。

雪夫は約三百五十人中、五十番以内には入っていた。最高で十一番になったことがあった。当時北園高では、五～六人ほどが東大に合格していた。その他に、一橋大学、東京工業大学などにも四～五人合格した。都立大には十人ほどが合格していた。近くの埼玉大にも十人以上進んだ。早慶には二十人程度進んだ。

近所で同じ高校に進学した者がいた。渡部君だ。毎日彼が雪夫の家に呼びに寄り、二人連れ立って、徒歩約十五分の北園高校に通学した。

意中の高校に合格することができて気が緩んだのか、雪夫は何だか安心してボーッとしていた。

渡部君はそんな雪夫の先を進んでいた。例えば『源氏物語』についてかなりの知識があった。雪夫は『源氏物語』については、作者名を知っているだけだった。

また英文でザットクローズについて述べた。これは that に続く節（that 節）のことで、話法の時によく出る、また英作文でもよく使われる。雪夫はザットクローズの用語を、初めて聞いた。

高校への通学途中に巨大ガスタンクがあった。ある時、渡部君がその危険性について語った。そのガスタンクは、田川君を思い出させた。だがそれより重大なことが起こった。

雪夫はまさに青春を謳歌している最中で、情緒が不安定であった。それでガスタンクのことが頭から離れなくなった。当時しばしば胃の調子を悪くし、それもあってノイローゼ気味になっていた。

「まさか、ガス事故やガス爆発は起こるまい」

いろいろと思い迷う中で、〝杞憂〟という言葉を初めて知った。体の不調も重なって、勉強に集中できなくなった。

この経験もあり、先年オスプレイ飛行の危険性につき、住民が反対の声を上げたのは全く同感できる。

高校三年生はこんな状態で、受験勉強どころではなかった。必死に耐えて、何とか高校を卒業した。

親バカの母親は、国公立大への進学を望んでいた。世間体と金銭面から国公立大学を望んだのだが、自宅から通学できる大学は限られていた。できれば総合大学が望ましい。

そこで雪夫は、都立大に目を付けた。

当時、都立大は東急東横線沿線にあり、渋谷から四番目の『都立大学駅』に本部があった。雪夫が志望していた理工学部の専門課程も本部から歩いて十分ほどにある校舎で学ぶことになっていた。

大学受験では、志望先を決定するのにいろいろと迷い悩んだ。まず文系か理系か。雪夫はどちらも興味があり、進学も可能だった。中央大学の商学部に進学した長兄が、就職に苦労したのを知っていた。当時も今も、理系のほうが就職には有利である。兄と両親は工学部への進学を推した。従順な雪夫はこれを受け入れた。

都立大の工学部には学科が五つあり、その中では工業化学科が最も自分に適していると思った。そこで都立大の工業化学科を第一志望とした。

先に述べた通り、現役生の時はほとんど受験対策ができないまま、都立大学の工業化学科を受験した。当然、不合格であった。第二志望の横浜国立大学の金属工学科も落ちた。実は横国大はガスタンクの恐怖から逃げる目的だった。合格したら下宿するつもりだった。

浪人して都立大を目指すことにした。それでも予備校に通わず自習した。

夏休み期間は、あの疎開先の長野県の伯母宅でのんびりと過ごした。

伯母夫婦は子供がいなかったので、東京に転居後も夏休みには、よく伯母の家で過ごした。古町は雪夫の実質の故郷と言えた。

伯母の家のすぐ裏を大川が流れていた。夜には川の音が微かに聞こえた。

大川ではカジカ釣りをした。田畑の水の管理、手伝いをして、あまり勉強には身が入らなかった。

九月に入ると、さすがに受験勉強に本腰を入れるようになった。このままでは、中学受験の時のような結果になる。悪夢の再来はごめんだ。九月から予備校にも通ってみた。家の財政を考え科目別を受講した。数学と物理である。

物理は役に立ったが、数学はヒドイものだった。講師が問題の解答をドンドンと進めて終了、質問の余地もなかった。結局、冬期前に予備校には行かなくなった。神保町にあったその予備校は今ではない。

冬に入り、過去問を五年分やった。合格の目安とされる七割程度は得点した。できなかった所は復習した。

社会の一科目は政経を選択した。歴史科目は対策に時間を要する。その点、政経は覚える事項が多くない。元来、政経は好きな科目だった。常識で解答できる部分が多くあった。その場で文章を読み、図表を見て判断する。従って、確実に点を取れる保証はない。だが幸いに本番では社会はほぼ満点であった。英語・国語は平均的に八割弱は確保した。

問題は数学である。数学は得点差がつきやすい。都立大の数学は結構難問で、半分くらいできればほぼ合格するという話であった。

本番で問題を見て、半分は解答できると思った。特に五問中の一問は、積分問題で、グラフより面積を求める経験済みの類題である。

勇んでこの問題から始めた。ところが計算が少し複雑になり、スッキリした値にたどり着けない。解法は確かなので、計算ミスをしたのだ。

焦って見直し始めたが、時間を取られそうなので次の代数問題へ進んだ。だがこれも最後の小問はできなかった。

そして次の数列の問題が解けたので、やや安心して最初の問題に戻った。しかし焦っているのか、計算ミスの箇所が発見できないうちに時間切れとなってしまった。解答の途中まででも、ある程度は得点になるはずだ。しかし、それをどの程度見てくれるかは不明だ。

これは合否が微妙になったと思った。ドキドキして合格発表を待った。

結果は幸いにも合格であった。安心と同時に気疲れが出た。

この大学受験勉強中に、心を冷静に保つためのある格言を得た。

『人事を尽くして天命を待つ』これを支えに、何とか受験勉強を乗り切った。ガスタンクの恐怖はまだ心に残っていた。皆さんも、もし何か不安があったら格言を見つけて乗り切って下さい。

入学後、大学からの資料で、工学部合格者百八十人中の百三十番くらいだったことを知った。

得点は下位の人ほど、数点差でひしめきあっている。数学一問四十点、あの計算ミスの問題は何点もらえたのか？　二十点は付けてくれたのか……。完全に解答していれば四十点。「数学は大きく合否に響く」とは聞いていたが、まさにそうであった。

しかし雪夫は合格してしまえば、点数が高かろうと低かろうと関係ないと思っていた。

母親は、息子の難関公立大工学部合格を素直に自慢した。ただ母が言いふらすのが雪夫は恥ずかしかった。少しは親孝行できたと思った。

通学は、池袋・新宿・渋谷の三大繁華街を経由した。教養課程の時は、その三大繁華街で遊んだりした。

渋谷では、上映時間が一時間にも満たないニュース映画をよく観た。確か料金は三十円だった。

新宿では、歌舞伎町に足を踏み入れた。花園神社にも行った。高田馬場まで歩いた。

池袋では、歌声喫茶に入店したりした。立教大にも見物に行った。全てが新鮮な体験だった。雪夫は高校時代はほとんど電車に乗らなかった。北園高でも、チョット尖った生徒は、池袋付近でお茶したり映画を観たりしていたようだ。

当時、都立大工学部の学生は全員男性だった。最近は工業化学科が発展した環境応用化学科で、ちらほら女性の名を見出すけれども……。

雪夫はそこで英会話の上達と女性との出会いを求めて、ＥＳＳサークルに入部した。ＥＳＳは期待に反して、盛り上がりに欠けていた。しかし、一人のできる女性先輩がいた。マドンナと言える存在だった。

彼女と交わした唯一の会話は、

「君のＥＳＳ入部の動機は何ですか？」

「僕はいつか是非、海外旅行をしたいのです」

「私も海外には是非行ってみたいわ」

彼女は微笑して返した。しかし、それ以後、彼女とは接触がなかった。

雪夫は先に述べたように、積極的に工業化学科を選択したわけでなかった。それゆえに大学入学の時は、まさか大学院に進学するとは夢にも思わなかった。

学部の勉強は無難にこなした。定期試験終わりに、学友とする麻雀が楽しかった。

四年になり、有機化学研究室を選んだ。しばらくして担当の教授に呼ばれた。

「水沢君、奨学金の割当があるので、大学院に進学しないか？」

あと二年だけ猶予期間があるのもよいと思った。今年は就職もチョット厳しい。

「大学院の入試はどうなりますか？」

今更入試勉強はやりたくないので訊いた。

「君は成績が上位三分の一にあるから、内部進学できるよ」

教授は言った。

公立ゆえに学費は安い。奨学金もあるから多分親も賛成してくれるだろう。

「はいわかりました。一応親と相談します」

雪夫は前向きに答えた。

帰宅して、早速母親に教授から大学院進学を薦められたことを話した。母は、結構進歩的な面があった。

「水沢一族で今まで大学院に進学した者はいないわ。だからいいわよ」

母は言った。

商人の父も、経過を話すと、

「いいだろう」

と、短く答えた。父は息子達が小さな洋服店を継ぐのはとっくに諦めていた。

大学院に進学して本格的に研究室に入ると、その実態がわかってきた。二人の博士課程の都立大出身者は、一度民間の超一流化学会社に就職した後で、大学に戻った。後に、二人とも研究室の教授になった。

他大学出身者も二人いて、農工大と山梨大の出身だった。それぞれ博士課程と修士課程であった。どちらも初めは近寄り難い人だった。

研究室の勢力維持のために新入院生が必要だった。雪夫は教授の意図を理解した。一人の都立大の先輩（Mさん）がよく面倒を見てくれた。Mさんは一度雪夫の家に寄ったことがあった。

一年後に千葉の名門、船橋高校出身の者が研究室に来た。

雪夫にとって、修士課程の二年間は化学の勉強もさることながら、むしろ人生勉強のほうをより多く学んだ。

いろいろな場所でいろいろな人に化学を教えた。

例えば塾の講師、医学部志望の家庭教師、某大学生の化学英語指導、ゴム製品会社社長の先生などである。全て都立大の教務課からの紹介だ。

化学での実績は、日本化学会での分科会（有機工業化学）で、平凡な研究発表を一回した。その際は大阪まで行った。

人に教えるのは、自分自身を再教育することでもあった。毎回、下準備を十分にしていたので、更に深く学ぶことになった。ゴム製品の会社社長からはそれとなく入社を促されたが、一部上場の化学会社に就職が決まっていたので、大学からの就職なので断れないと言い訳した。

その化学会社は、研究室に募集があった会社から選んだ。同じ研究室の先輩達が何人も就職していた。

入社試験は卒論に関しての面接だけであった。もちろん大学の成績は提出した。六月の中頃には合格が決定した。

社会人になって

就職してみると、会社は財閥系と違い新興の成り上り会社で、ワンマン社長だった。上の方針で、研究テーマがコロコロと変更した。自分には向いていないと感じた。雪夫は化学専攻なのに、あまり化学実験が好きではなく、理論方面が好きであることを改めて痛感した。

その当時は、今ほど転職は盛んではなかった。転職を考え始めた雪夫は、いろいろと情報を集めた。

ある新聞で、科学技術庁傘下の科学技術情報法人が、『科学技術情報員』を募集していた。私企業より官庁系を望ましく思い始めていた雪夫は、これだと思い早速応募した。

幸いにも合格した。

この時は受験対策は何もしなかった。事前に国家公務員の上級職の問題を、チラリと試してみた。大学院で学んだことは大いに役立った。法人の一般教養試験は、公務員試験より易しかった。

いざ転職の際は、かなりの引き留めにあったが、自分の主張を通した。会社側もライバル会社ではなく、官庁系なので最終的には納得してくれた。入所後に聞いた話では、十倍を優に越える倍率であったようだ。

法人の場所は霞ヶ関に近かった。

科学技術情報員は、国公立大学出身が多かった。都立大学出身者も数名いたが、特に繋がりはなかった。

東京大学出身者もいた。後に女性の東大出身者が、新卒で雪夫の課に入ってきた。

雪夫は最初に、情報部化学部門の有機・高分子科に配属された。化学部門には十年間ほどいてから生化学部門に移動し、そこでも約十年間勤めた。

日々多くの新しい知見に遭遇し、特に生化学部門は学ぶことが多く、楽しかった。わからないことや知らないことは、備え付けの辞典、図書や論文集などで調べた。

同じ年代での一番の出世頭は、法人で六人いる理事にまで登り詰めた。六人の理事のうち、内部からの登竜枠は一人だけであった。理科大出の者がその枠を勝ち取った。内部登竜理事の任期は原則二年であった。

情報員の主な仕事は、論文検索に資する処理を行うことである。更に言うと、学術論文を読み、その論文内容を表すのに必須のキーワード数個と分類コードを、論文に付与する。

分類コードは当法人の作成した独自のものである。キーワードも、当法人が日本で初めて作成した科学技術総合シソーラスに記載されていなければならない。科学技術総合シソーラス中の用語は、全てコンピュータに記憶されている。シソーラス中にない用語は、エラーとされてはじかれる。

実際の処理の際は、時に分厚い総合シソーラスを手で繰りながら、シソーラスにある用語で論文内容を表現する。この論文処理が、情報員の主な仕事で、これに伴う、シソーラスの改訂や分類表の改訂などが、副次的な仕事となる。慣れるとそのキーワードが、シソーラスにあるかないかはすぐにわかるが、実際に作業している時はなかなかその有無の判断はつかない。

全てのキーワードを網羅するのは、できないし不経済である。同義の主要な用語はUSE、UFをつけ、使用語を示す。

例　USE野球　UFベースボール

簡単な例を挙げてみよう。例なので正確さは無視していることはご理解いただきたい。

「日本でコロナウイルスが流行している有り様を知りたい」

この場合、まず日本・コロナ感染（症）・感染率などがキーワードとして考えられる。

そこで順次調べると、まず「日本」はある。「コロナ感染（症）」はあるかないか、一方だけが記載されている場合もある。こう流行していると、コロナ感染症は有り得る。もしなければ、「ウイルス感染症」と「コロナウイルス」の組み合わせで表現できる。「感染率」はかなり有り得る。ない場合は、ウイルス感染と比率との組み合わせで表現する。こうしてシソーラスにある用語で、知りたい内容を表現する。

以上、簡単に言うとシソーラスに用語が有る無しで、使い勝手が大きく違ってくるのだ。すなわちシソーラスの作成が重要となる。

またシソーラスには上位語（BT：Broader Term）と下位語（NT：Narrower Term）の関係も、ある時は必ず付けておく。

ディスクリプタはこの基準では選ばない。参考までにいうと用語の選択が先で、関係はある場合には必ず付けるということ。

文献検索の話は以上にしておこう。

その法人では、理事になると特典があった。

個室がもらえ、共有ではあるものの秘書が付き、役員専用車が使えた。

理事にまで登るにはルートがあった。まず人事担当理事に名前を覚えてもらうことである。目立つために支所勤務をしたり、予算編成の企画室に入り、大蔵省（現・財務省）の呼び出しに徹夜で備えたりする。

また特別手段として、労働組合の委員長をする手もあった。組合の委員長経験者で、理事になった者が一人ならず二人いた。

しかし、雪夫はいずれも望まなかった。理事どころか、管理職にもならなかった。管理職との差は、管理職手当か技術手当かの差である。あと給与表も三級以上と四級以上との差があるが、それほど大きくはない。五十歳過ぎの数年間だけ、年収一千万円の壁を越えた。

情報員の後輩に、京都大学出身者がいた。名門の理論物理学の出身だった。彼は長くパリ支所に勤務し、出世コースに乗っていた。あとは定年近くを待って、理事登用を期待するだけだ。

それより雪夫が驚いたのは、彼の結婚している相手だった。彼は所内の目立たぬ女性と結婚した。彼は女性に慣れていないか、さもなくば、本当の女性の良さを知っていたか……。

しかし彼の行く末を見る前に、雪夫は定年になった。その後のことは知らない。法人の職員の中で、雪夫に積極的に迫ってくる女性が一人いた。別に特別なつき合いをしていたわけではない。

「ねえ、どこにでも好きな所に連れて行って……」

客が少なくなった食堂で言われた。思えば、法人主催のダンスパーティで踊ったことがあった。雪夫が返事を保留していると、見込みがないと判断したのか、さっさと大阪大学出身のかつての情報員に乗り換えた。

彼は、雪夫の目から見てもかなり優秀で、所内で雪夫より出世していた。年齢は確か同じだった。彼とは顔見知りで、マージャンを数回したことがあった。雪夫より後に入所した。博士課程を中退していた。もちろん彼女の告白は内緒にした。

結局、大阪大学出身の彼は、その娘のボインに目がくらみ彼女と結婚した。

後に彼は法人を途中退職し、某有名国立大の教授になった。女性の力強い現状認識力を見た思いだった。

法人の役員用車は、空いていれば職員も利用できた。雪夫は資料部情報員の時、科学技術庁との打ち合わせの際に数回利用した。黒塗りの大型公用車で、霞ヶ関に乗り込んだ時は、何だか良い気分だった。

法人では男女差がほとんどなかった。差と言えば、理事になった女性はいないぐらいだった。多くの女性職員が産休・育休をキチンと取得していた。

雪夫が法人に入所して約十年後に、三人の女性達が情報部化学部門に新卒として入所してきた。

三人娘で目立った。彼女らは、各々東京大学・東京農工大・埼玉大学出身であった。皆さん多分、大学院卒だった。

東大出身の女性が最もよかった。(雪夫の感想)

雪夫より一、二年先輩の東大出身の人が、何かと彼女に話し掛けに来た。彼も化学部門で、未だ独身だった。

いつだったか、その人が彼女の席近くに来て、

「今度用事で近くまで行くので、チョット家に寄ってもいい？」

「私、家の者とはほとんど没交渉です。ですから、家に来られては困ります」

拒否したのを聞いてしまった。

雪夫と彼女は席がすぐ近くだった。彼女は茨城県の取手の先から遠距離通勤していた。

三人のうち、二人はじきに結婚して、産休・育休を十分に取得した。東大出身の女性は長らく結婚せず、このまま独身を通すかと思う頃に結婚した。産休・育休は取らずに終わった。

三人の中で管理職になったのは、東大出身の女性だけだった。

それから数年した後、東京理科大学出身の女性が化学部門に入ってきて、雪夫が新

人指導することになった。彼女は、整った顔立ちのどちらかと言えば美人だった。雪夫にとっての彼女の唯一の欠点は、背が高いことであった。雪夫は自分より背の高い女性は苦手だった。これは逆に、雪夫にも彼女にも幸いなことだった。冷静に彼女を指導できたからだ。彼女も雪夫に対して変な感情を持たずに、仕事に専念できた。

長らく在籍した情報部を去り、資料部に移動になった時、これを機会に東大出身の女性を食事に誘った。もちろん昼食にである。

もう中年に差し掛かった彼女はどう出るか……。東大の先輩をキチンと拒否した彼女だ。もう既に管理職候補だった。

雪夫は万一にも少し進展した仲になれば、と心の中では期待していた。淡い恋の冒険を仕掛けたつもりだった。若い時に感じたドキドキ感が、久し振りに蘇った。

彼女はあっさりと承諾の返事をした。一、二日間、雪夫はウキウキしていた。

約束の日、指定のレストランで待っていると、何と、理科大出身の教え子と連れ立ってやって来た。雪夫が二人を招待したことになっていた。

この東大娘は使える管理職になるに違いない、と雪夫は思った。残念な気持ちと想定外の出費に少し腹が立ったが、大人の対応をした。

それから一週間後に、将来の管理職候補から、教え子と連名で素敵な座布団を記念品としていただいた。座布団は情報員に、事務職に、必需品である。

ざわつきかけた腹の虫も、いつもの落ち着きを取り戻した。

ひとつ思い当たることがあった。

雪夫は近くの赤坂の証券会社で株取引をしていた。しばしば運動代替として、赤坂まで昼休みに急ぎ足で、証券会社の株価表示板を見に行った。当時はスマホなど便利な物はない。

担当の女性社員Nさんと少し親しくなった。

ある時、何かの用件でNさんが法人まで雪夫に会いに来た。それを教え子のTさんに見られた。

また、ある時Nさんから電話があり、たまたま席を外していた。席に戻ると、

「赤坂のNさんという女性からお電話がありました」

Tさんは雪夫に告げた。

雪夫は彼女の口振りから、何か誤解していると感じた。

Nさんが一言、証券会社の担当者と言えば済む話だったが、気を利かして、証券会社を名乗らなかったのだ。

株取引を知られるか、赤坂に女友達かなじみの女がいると思われるか、どちらかを選ぶとしたら……。

「あなたならどうする？」

雪夫は女を選んだ。

Tさんは東大出身の女性をできる先輩として、日頃から慕っていたのだろう。早速ご注進に及んだのだ。

東大出身の彼女は、誤解したかもしれない。

『水沢さん、あなたは赤坂に女がいるのに、私にまでちょっかいをかけるの？』と。

そう思って、この件は納めたのだろう。

株の話が出たので、少し株に関して述べよう。

証券会社の担当Nさんと、夕食を食べた時のことであった。雪夫はかなり利益を出したので、Nさんを夕食に誘ったのだ。

「水沢さんほど株の成績が良い人は、私の担当ではいないわ。税務所の人に、この人はどういう人なの、と訊かれたわ」

「そうですか。別に特別なことをしているわけではないよ。四季報と新聞や雑誌だけが情報源です」

雪夫は正直に答えた。

「あなたは凄いわよ。私の年収以上の利益を出したのですから」

「たまたまですよ。株は波がありますから」

雪夫は、謙遜と事実を込めて言った。バブルの頃はそれが三年ほど続いていた。

雪夫が今でもある某一流金融月刊誌で、株取引の体験記の最優秀賞をいただいたのは、定年も近くなったその頃だった。その雑誌に二頁にわたり雪夫の保有株リスト等が記載された。賞金は十万円だった。どこか早指し将棋に似ていた株取引は、雪夫に合っていた。自分のもつ知識を元に、決断力と判断力が問われる。あと利確を第一に考えたのが良かった。

最近は二刀流の言葉が盛んに言われるが、株は本業以外の金稼ぎには最適だと思う。基本を一通り独学して、すぐに始められる。運転資金も、自己の都合で少額からでも大丈夫だ。あとは実践しながら、自分で考えればよい。

受験勉強での労力を思えば、株の勉強などどうというほどでもない。株をやれば、世の中の動き、政治・経済に関心を保つ。貧乏人が、気分的に資本側に立てるいいチャンスだ。

雪夫は、特に定年になってから、毎日一、二時間ほどする株取引が自分の楽しい業務のように感じている。もちろん小遣い稼ぎで、時としてそれを越えている。だが安易に他人に勧めたりはしない。その人の実力次第だから……。

株取引で利益を出すには、パソコンによる取引が大前提となる。電話でじっくりする方法も有り得るが、やはりパソコンのほうが、結果がすぐ出るしやり易い。

株取引において、手数料というのは非常に大きな割合を占める。

コロコロ注文を変更しても、手数料が安ければ利益にひびかない。すると取り得る手段が増す。これは深い意味を含む。実際やってみるとわかるし、わかるほど考えることだ。相場格言はいろいろあるが、気に入りの物を持つとよい。株をやれば、人生修業になると雪夫は思う。

ちなみに雪夫の好きな相場格言は、次の二つだ。

「頭と尻尾はくれてやれ」

「人の行く裏に道あり花の山」

とまれ、切羽つまるようなことはなく、楽しんで株をやればよいと思う。

この点から、先に述べたように株は水ものであるから、副業的にする、信用取引はしない、が望ましい。

職場の法人の女性は、結婚してもずっと定年まで勤める人が大多数だ。情報部化学の三人も、きっと定年まで勤めたことだろう。

家族のこと

翻って我が娘の知美を、また情報部の三人より一回り下の姪の雅美と恵美のことを考えた。そして最後に孫娘の美咲のことを……。

姪の雅美は女子短大を出て、地方銀行に就職した。就職の際、姉に頼まれて身元保証人になった。

姉は同じ千葉県の、船橋の隣の鎌ヶ谷市に住んでいる。

結婚して、二、三年後からずっとそこに住んでいる。

雅美は父にとって初めての孫娘で、大変可愛がっていた。

義兄は良い人で、建築技師として、建設会社で働いていた。愛読書は山岡荘八の『徳川家康』だった。家に全巻そろえてあった。

姉の家は広く、八十坪ほどあった。東京から鎌ヶ谷まで、両親を車に乗せて訪れたこともあった。

雅美は普通に勉強ができ、中くらいの県立高校に進学した。そして、地方公務員になった同じ高校の先輩と結婚した。結婚後、雅美は専業主婦になった。次女の恵美も雅美と同じ高校を出て女子短大に進み、専業主婦になった。結婚相手は某一流製薬会社のＭＲだった。

一方、娘の知美であるが、彼女は幼い頃は雪夫に懐いていた。

父の言うことは素直に聞いた。

「知ちゃん、パパ背中が痒いので掻いて」

雪夫が頼むと、

「ウン、いいよ」

元気に返事して、熱心に掻いてくれた。

風呂も小学校に上がるまで、一緒に入った。でも、学校の勉強は、ほとんどみてやらなかった。法人勤務での仕事が忙しく、またその頃よく神経性胃炎を発症していたからだ。

知美は幼稚園の年長から、同じ団地に住む友子ちゃんと一緒に、モダンバレエを習い始めた。二人とも、高校三年まで続けていた。それだけでなく、妻の良子がピアノを教えた。

息子の真人は、習い事はしなかった。コンピュータゲームにすっかりはまってしまった。そして大学生の時に小型車を買い、自宅から自動車通学していた。一時マラソンをしていた。今はやりの情報工学専攻だが、卒業大学が二流なので小企業でＳＥとして頑張っている。

雪夫自身はそろばん塾に通ったことがあった。一年半ほど習って、二級を取得してやめた。今でも暗算する時にエアーそろばんが結構役立っている。

中学の頃、貧弱な体格を心配した父の勧めで、柔道を習ったこともあったが、半年もせずにやめた。

社会人になって、天才作家三島由起夫に影響されて空手を習い始めた。こちらは一年ほど続いた。もっと習っていたかったが、転職によりやめた。空手のほうが柔道より雪夫には合っていた。どうも男と組み合うのは苦手のようである。

独自の習い事では兄の影響で、将棋と卓球をやった。二人の兄は将棋はアマ初段程度の実力だった。初めは兄達に勝てなかったが、すぐに良い勝負相手になった。雪夫も長らく初段程度だった。こちらは珍しく次兄が長兄より強かった。

令和になり、コンピュータ将棋が発展した。パソコンで映して、プロの試合を楽しんでいた。その試合では指し手に評価値がつく。それを見て少し学んだ結果、指し手が幾分見えるようになった。町道場で試しに試合をしてみると、平手で三段に勝った。そこで通ってみると、十分に三段で通用した。

卓球も雪夫には合っていた。次兄に連れられて初めて町の卓球場に行った時も、すぐに慣れて結構勝つことができた。そこで大学では卓球部に入部した。公立大学なので運動部は厳しくなかった。だが、高校からの経験者には歯が立たなかった。結果、ずっと二軍に甘んじていた。親しくして、たまに同級会をする工化の二人も運動部であった。それぞれテニス部とバドミントン部である。

外国旅行がしたくて、英会話を始めた。大学のＥＳＳはほとんど活動していなかった。そこで、街の英会話サークルに入ったりした。妻の良子とはそこで知り合った。英会話サークルの帰り、帰る方向が同じだった。帰りの巣鴨駅からの都営地下鉄で、デートの約束を取りつけた。かつて自身が受験をして失敗した北園高校を卒業している人なら、まあ良いかと、良子は思ったそうだ。

雪夫が良子の中で特に感じた点は、彼女が大阪万博の某館のコンパニオンだったことだ。万博には雪夫も行っていた。彼女がコンパニオンをしていた館は人気が高くて入れなかったが、会場付近にいた素敵なコンパニオンとの思い出は記憶にあった。あの会場で良子に会っていたかもしれない。もちろん、当時は全くわからなかったが。

いろいろあったが、結局良子と結婚した。新婚生活は、千葉市の団地の二階で始めた。実質的な新婚旅行は、念願のアメリカ西海岸の旅を、二人の英語力を活かして、準バックパッカー風で実行した。

在職中は、海外旅行には香港・マカオと中国に合わせて二度行っただけである。

定年後、本格的に海外旅行を開始した。

妻とは主に東南アジアを旅行した。旅行は人生において、貴重な思い出を残してくれる。

その思い出の中から二つほど書いてみる。

中国を旅していて、高級ホテルのラウンジで妻とお茶している時だった。

中国の富裕層の夫婦に英語で話し掛けられた。まずは現在の境遇を語り合った。

彼らは普段オーストラリアで生活しており、中国には時々帰省すると言った。

体制に対する用心から、そうしているようだった。

雪夫も、学歴や職歴について述べた。

「私は教育関係の官庁で働いていた。化学情報方面です」

雪夫は言った。

「私は教育出版の方面です」

彼は言った。雪夫が、

「上級国家公務員試験は難しいです」

と、言うと、

「中国でもそれは難しい。あとコネが大切」

と、彼は言った。

雪夫は科挙のことを思った。

しばしのつもりが、一時間ほど話し込んだ。


最も印象深いのはイタリア一周の旅である。イタリアは見所が満載であった。ミラノ、ベネチア、ピサ、ローマ、ポンペイなどを巡った。

雪夫も良子も映画『ローマの休日』を鑑賞していた。ローマで聖地巡礼したのは特に思い出深いものになった。

トレビの泉で後ろ向きにコインを投げ（こうすると再びこの場所を訪れられる）、スペイン広場でジェラートを舐め、真実の口に手を入れた（ウソつきは手を咬まれる）、バチカン市国を訪れた。

オードリー・ヘプバーンとグレゴリー・ペックになって巡る良子と雪夫だった。

真実の口に手を入れた雪夫が、

「あっ痛い」

と、あわてて手を引っ込めると、

「バカはやめて」

良子は小言を言った。

素敵な名優とは雲泥の差であった。

先日、テレビで映画『ローマの休日』を放送していた。その時の雪夫は八十歳になろうかという年齢であったが、良子との旅が懐しく思い出され、観ていて涙ぐんでしまった。

雪夫にとって、『ローマの休日』『猿の惑星』『十戒』は印象深い三大映画である。娘の知美も雪夫に似て、海外旅行好きだった。彼女の新婚旅行も雪夫と同じアメリカで、ハワイ二島（オアフ島・ハワイ島）の旅だった。知美は金融系の会社に就職したが、今は大手小売会社のパート社員である。どうにか共働きで暮らしている。

結局、孫娘の美咲はどうやら中学受験はしないらしい。東京と違い、船橋あたりでは、中学受験はそれほど盛んではないようだ。孫娘の行く末を、ジイジは見届ける時間的余裕はなさそうだ。

雪夫は自分の来し方を振り返ると、中学受験など、「別に……」といった感じである。

しかし思うに、受験も一つの経験として考えればよいのではないか。

近年のコンピュータの発展は目覚ましい。単なる計算機の域は抜き出てしまった。情報学なる新しい学問分野も誕生している。つい最近は、生成ＡＩなるものまで出現した。科学技術の発展が、人間の倫理観を追い越してしまった。

そもそも、核兵器の発明は人類にとって決して望ましいものではない。

理系・文系などと区分けしているのも時代遅れだ。

都立大では文系のほうが合格するのが難しいというか、偏差値が高いらしく、昔とは逆になっている。雪夫の感覚では、理系科目のほうがより難しいと感じるがどうなっているのか？

ただし、理系の人も哲学と経済学はキチンと学ぶ必要があると思う。あとは心理学と、国語力というか言語学も必要だろう。


雪夫は都立大が飯田橋で開講しているオープンユニバーシティで、哲学を三コマ聴講した。ハイデガーを学んだ。

つい最近は量子コンピュータについて学んだ。やはり量子コンピュータのほうが難しかった。

文系でも常識的な科学的事項は学んでおきたい。数学を毛嫌いする人が多いが、中学程度の代数でよいからキチンと学びたい。でないと数字で〝ゴマカサレ〟ます。

エピローグ

最後に人は、自己の人生について考える。

やはり凡人は、自分の体験を基に考えてしまう。それと自分の体質というか、動物的な肉体的な資質にも左右される。

宗教は必要であるが、それに囚われてはいけないと思う。宗教ほど発展しない学問も珍しい。比較宗教学とか、宗教の歴史学はあるが、発展がない。仏教・キリスト教・イスラム教、既存の三大宗教に何か発展はあるのか……。

それとも、宗教に理系的発展を求めるのは筋違いなのだろうか？　多分そうだろう。

これに関し雪夫は、新興宗教に関心を持った。しかし新興宗教で、全く新しい概念から生まれた物は知らない。

あったとしても、何か怪し気な感じがする。先祖とか物とかに、神を見るのは底が浅い気がする。創価学会は仏教の、幸福の科学はキリスト教の亜流である。

幸福の科学は、教祖が東大出を謳っているが、東大はやはり偏差値が高いだけだ（ひがみ？）。『宇宙は成り行き』を信じるのを自然教とでも言うのか……。

人間は動物だから、しかし思考する動物だから、神のようにも動物のようにもなる。

自然教は一番真っ当だが、信念が、信じ切る精神が、難しい。

色にも、欲にも、脅しにも弱い。

文系は理系の如く一つではない。それが難しい。それと思想は体験しないと身に付かない。書物から知ることはできるが、人によっても異なる。

いや、もうこの辺でやめておこう。

近況として、親鸞聖人の映画を観てきた。人それぞれ感じることのある映画だった。

『実行すること、単に思うことは、全く違う。全く別の次元である』

終わりに、思うことを川柳にしてみた。

老境で知る人生の深遠さ

創作はパズルにまさるボケ防止

因縁を感じた時がはまる時

人生でかねあい難し金《かね》と愛《あい》

しょうがない人生脱する賞《しょう》欲しい

神ほとけ何を信じる貴方なら

大人《おとな》とは本音と建て前使う人

宇宙をば思えば小さい何事も

人は皆この世去り際《ぎわ》何思う

株やれば貴方の人間ためせます

万事みな人それぞれで納得す

我目指す作家と投資家二刀流

あとがき

人生で試験の結果は、その影響が大きいものも、それほどではないものもあろう。その人次第、その後の「成り行き」次第である。

私の思うところは川柳にまとめたので、味わってみて下さい。気に入った句がありましたら望外の喜びです。

著者プロフィール

水沢 雪夫（みずさわ ゆきお）

東京生まれ。都立北園高校から一浪後、都立大学工学部工業化学科に進学。同校同科修士課程を修了して民間化学会社に就職。約3年後、当時の科学技術庁傘下の法人に転職。

定年まで法人に勤務、以後無職。

趣味は旅行、将棋、卓球、株取引、読書、川柳。

著書：『人生で出会った三人の女』（2022年　青山ライフ出版）、『ある一人の男の話』（2023年　幻冬舎）

ある一人の男の受験物語とその後

2024年4月15日　初版第1刷発行

著　者　水沢 雪夫
発行者　瓜谷 綱延
発行所　株式会社文芸社
〒160-0022　東京都新宿区新宿1－10－1
電話　03-5369-3060（代表）
03-5369-2299（販売）

印刷所　図書印刷株式会社

ISBN978-4-286-25201-8